INV

V

de Coninck —

REVUE POUR 1857

DIX-HUITIÈME ANNÉE

HAVRE

JANVIER 1858

(C)

Havre. — Imprimerie ALPH. LEMALE, quai d'Orléans, 9.

REVUE POUR 1857

HAVRE, JANVIER 1858.

Jamais, peut-être, année commerciale n'a présenté des péripéties comme celles qui ont signalé l'année qui vient de finir, en l'absence de toutes causes politiques.

On avait jusqu'ici généralement pensé, avec beaucoup d'apparence de raison, que lorsque le pain était cher, les autres denrées et marchandises devaient être relativement à bon marché.

Il semble évident, en effet, que lorsque par suite de mauvaises récoltes, les populations ont peut-être un milliard à dépenser de plus pour leur alimentation, ils devraient avoir d'autant moins à employer en achats non indispensables, et par la même raison, un abaissement considérable dans le prix du pain devrait produire plus de demandes, et, par suite, de la hausse sur les denrées coloniales et les matières premières nécessaires aux manufactures.

C'est cependant tout le contraire qui est arrivé. Malgré de hauts prix pour les Blés dans toute l'Europe et aux Etats-Unis, le *Coton*, le *Sucre*, le *Café*, les *Cuirs*, les *Graisses*, etc., ont été poussés, dans tous les pays, à des prix excessivement élevés, et la baisse subite et très considérable que tous ces articles ont éprouvé presque simultanément, s'est précisément trouvé coïncider avec le retour à des prix très modérés pour les Céréales, à la suite de la belle récolte dont la Providence a gratifié le monde en 1857.

Nous avons commencé l'année avec un prix moyen, en France, de F. 28 par hectolitre de Froment et nous l'avons finie avec un prix moyen au-dessous de F. 18.

Bien avant la baisse des Céréales, le Coton est monté de 105 à 125 c. pour tomber à 89 c. précisément au moment où le prix du Blé était au plus bas. Dans le même temps, le Café Haïti est monté de 62 à 72 c. pour baisser à 49 c. Le Sucre de nos Antilles est monté de F. 66 à 85 pour tomber à F. 55, et le Sucre Havane nº 12 est monté de F. 44 à 60 pour tomber à F. 31. Les Cuirs salés sont montés de 90 à 106 c. pour tomber à 70 c. et ainsi de suite pour presque toutes les marchandises.

Nous renonçons à expliquer ces anomalies et nous pensons que c'est précisément parce qu'il y avait anomalie entre le prix excessif des marchandises et celui des Blés, lorsque ceux-ci étaient encore chers, que la crise a éclaté et a ramené les prix à leur taux normal en vérifiant ainsi le proverbe : *Chassez le naturel il revient au galop.*

Cette crise si grave, et à nulle autre pareille, a commencé aux Etats-Unis d'où elle a passé en Angleterre et s'est répandue en Allemagne et dans tout le nord de l'Europe, faisant partout de nombreuses victimes et créant une perturbation extraordinaire dont tout le monde commercial se ressentira longtemps, car elle y a produit le même effet qu'un tremblement de terre, ébranlant bien des maisons qui ne croulent pas sous le coup.

La France a naturellement aussi beaucoup souffert de cette violente crise, mais son commerce en a admirablement supporté le choc, et tandis que les faillites et les suspensions se sont comptées par centaines dans d'autres pays, c'est à peine s'il y en a eu quelques-unes dans le nôtre ; aussi le crédit commercial de la France a-t-il grandi dans cette grave épreuve, comme son influence politique a grandi par la guerre de Crimée.

Le commerce français doit ce beau résultat à ce qu'il a généralement moins abusé du crédit qu'on ne l'a fait dans d'autres pays et surtout en Allemagne et dans le nord de l'Europe. Puisse-t-il persister dans ses sages errements et ne pas se laisser séduire par les décevantes doctrines de ces Financiers modernes qui prétendent posséder l'étrange secret de savoir tirer *deux moutures du même sac*, et qui voudraient nous faire croire qu'on multiplie les capitaux en créant des *Crédits Mobiliers*, *Fonciers*, *Maritimes* et *autres*, tandis qu'on ne fait souvent que les fourvoyer et préparer des désastres comme ceux qui viennent de porter la ruine et la désolation dans tant de pays et dans tant de familles.

La crise, en détruisant momentanément toute confiance et en suspendant tout crédit, a rendu, pendant quelques semaines, l'argent excessivement rare et cher, aux Etats-Unis d'abord, et ensuite sur tous les marchés d'Europe.

A New-York l'escompte a été porté, un instant, à 36 °/o et à Londres, à Paris, Hambourg, etc., au taux inouï de 10 °/o.

On s'est effrayé chez nous, outre mesure, de cette cherté de l'argent et on a adressé des pétitions au Gouvernement tendant à obtenir l'abaissement arbitraire du taux de l'escompte de la Banque, le cours forcé des billets de Banque et la prohibition de sortie des espèces !

Le Gouvernement a sagement fermé les oreilles à tous ces imprudents conseils et a officiellement déclaré que rien ne serait changé à l'ordre naturel des choses. Il en est résulté que l'argent est revenu si promptement que le taux de l'escompte de la Banque porté, le 12 Novembre, à 10 %, a été réduit à 9 % le 27 Novembre, à 8 % le 7 Décembre, à 6 % le 18 Décembre et enfin à 5 % le 30 Décembre, le tout pour le papier à 3 mois, celui à 2 mois et à 1 mois s'escomptant à 1 et 2 % au-dessous.

Tout annonce que dès les premiers mois de cette année l'escompte de la Banque de France sera encore abaissé, car l'argent ne peut que devenir plus abondant puisqu'il en faut beaucoup moins pour la transaction des affaires que lorsque les Céréales et toutes les autres denrées se payaient 25 à 30 % de plus qu'aujourd'hui.

Il faut aussi espérer que l'Inde ne continuera pas à pomper l'Argent et l'Or de l'Europe, comme elle l'a fait ces dernières années, et surtout en 1857, où les expéditions d'Argent et d'Or pour l'Inde, ont atteint le chiffre énorme de............................ 426,000,000

contre en 1856......	313,000,000
1855......	183,000,000
1854......	108.000,000
1853......	140,000,000
1852......	89,000,000
1851......	45,000,000
Total en six ans......	1,304,000,000 dont

F. 1,180,000,000	Argent
124,000,000	Or
F. 1,304,000,000	

L'extraction de l'Or en Californie et en Australie a été à peu près de même importance en 1857 qu'en 1856, soit de 800 millions de francs environ. La quantité ne peut qu'augmenter, tant par l'exploitation plus en grand des filons de quartz, que parce que des associations puissantes organisent d'importants travaux pour amener l'eau pour les lavages des minerais et un matériel plus perfectionné.

La Sibérie paraît aussi devoir produire plus d'Or, de façon que nous marchons à grands pas vers le renversement de la valeur relative de l'Or et de l'Argent, et de tout ce qui s'achète avec de l'Or.

Les fonds publics sérieux ont éprouvé des variations bien moins sensibles en 1857 qu'en 1856, ainsi que l'indique le tableau ci-après :

Cours des Fonds Publics au 10 de chaque mois 1857

MOIS	3 %	4 ½ %	BANQUE	Crédit Mobilier	CHEMINS DE FER			
					Est ancien	Ouest	Orléans	Nord
Janvier	67 85	93 75	4,000	1,420 —	827 50	870 —	1,372 50	945 —
Février	68 35	95 25	4,100	1,342 50	812 50	820 —	1,365 —	922 50
Mars	71 15	92 25	4,200	1,422 50	850 —	835 —	1,455 —	880 —
Avril	69 65	91 75	4,185	1,410 —	877 50	792 50	1,485 —	1,015 —
Mai	69 20	91 92	4,300	1,290 —	757 50	787 50	1,472 50	972 50
Juin	68 05	91 80	4,475	1,167 50	735 —	777 50	1,460 —	972 —
Juillet	66 80	92 —	*2,880	896 25	695 —	725 —	1,425 —	837 —
Août	67 10	93 10	2,800	958 75	700 —	725 —	1,447 40	868 75
Septembre	67 —	90 75	2,730	868 75	675 —	712 50	1,383 75	857 50
Octobre	67 25	90 75	2,950	795 —	685 —	685 —	1,340 —	875 —
Novembre	67 —	90 75	2,970	775 —		635 —	1,275 —	870 —
Décembre	66 15	91 —	2,125	712 50		651 25	1,287 50	895 —
Cours extrêmes								
Plus bas	66 15	90 75		712 50	877 50	870 —	1,485 —	837 —
Plus haut	71 15	95 25		1,420 —	620 —	635 —	1,275 —	1,015 —

* En Juillet, les Actions de la Banque ont été dédoublées moyennant un versement de F. 1,100 par Action. Ainsi au lieu d'avoir comme en Juin, une Action se vendant F. 4,475, on en a eu deux, représentant F. 5,575 ou F. 2,787 50 par Action.

On voit que la rente a peu varié.

La Banque a augmenté de 25 °/₀ environ.

Les Chemins de Fer ont baissé de 10 à 25 °/₀.

Le Crédit Mobilier seul a baissé de plus de 50 °/₀ sur le plus haut prix de 1857 et de 65 °/₀ sur le plus haut prix de 1856 pour remonter ensuite de 50 °/₀, ce qui prouve assez qu'il ne s'agit pas là d'une industrie régulière, mais d'un jeu qui, comme tous les jeux, a ses bonnes et mauvaises veines et se termine rarement au profit de ceux qui n'ont pas l'avantage de voir le dessous des cartes.

La prime de 100 °/₀ sur les actions du Crédit Mobilier suppose SOIXANTE MILLIONS de bénéfices qui, très évidemment, n'existent pas et sont simplement *espérés*. Il faut être donc bien *naïf* pour payer ainsi, argent comptant, *des espérances* qui peuvent fort bien ne pas se réaliser.

Les actions de la Banque sont aussi, sans doute, à un taux fort supérieur à leur valeur réelle, mais les bénéfices de la Banque sont assurés par un privilége énorme que le Crédit Mobilier ne possède pas, et, de la Banque au Crédit Mobilier il y a toute la différence qu'il y a entre un Agent de Change et un Coulissier.

Les escomptes de la Banque, pour le papier de commerce, se sont élevés en 1857, à Paris, à

élevés en 1857, à Paris, à	F.	2,085,000,000
et dans les Succursales à	»	3,374,001,000
	F.	5,459,000,000
contre en 1856	»	4,591,000,000

L'abaissement probable du taux de l'Escompte en 1858, et la répartition du bénéfice sur un nombre double d'Actions, peuvent mettre en doute si le taux actuel des Actions dédoublées n'est pas trop élevé.

Les revenus publics ont encore augmenté en 1857. Les impositions

indirectes ont produit	1,052,713,000
contre en 1856	1,026,207,000
1855	950,879,000

	1857	1856	1855
	—	—	—
Tabacs	173,268,008	163,433,000	152,524,000
Boissons........................	152,099,000	141,306,000	114,870,300
Impositions Directes..	440,044,000	430,507,000	517,555,000

Le commerce extérieur de la France suit une marche croissante très satisfaisante et qui ne pourra qu'augmenter dans des proportions beaucoup plus considérables lorsque le Gouvernement aura renoncé au système si faussement appelé *protecteur*, pour entrer franchement dans la voie de la liberté commerciale, et ne considérera plus la Douane qu'au point de vue de l'intérêt du Trésor public qui exige bien plus souvent des abaissements de droits que des augmentations.

Malgré une réduction sensible dans les importations des Céréales la navigation générale de la France a présenté pendant les onze mois de 1857, une petite augmentation sur 1856 :

Il y a eu en 1857..	24,022 navires	jaugeant	3,866,000 tonn.
1856..	23,916 »	»	3,755,000 »
différence en plus..	106 navires		111,000 tonn.

Les frets ont généralement été bas et la navigation peu rémunérative ; aussi le prix des navires a-t-il considérablement baissé et les Actions des Compagnies Maritimes sont-elles très difficiles à vendre, même fort au-dessous de leur valeur d'émission. Une de ces Compagnies voit ses Actions de F. 500 cotées F. 70 et vient d'être mise en liquidation.

Le Gouvernement s'est enfin décidé à s'occuper des services transatlantiques et a fait voter par les Chambres, une subvention de 14 millions. Cette subvention aurait été très suffisante si, ainsi que l'avait recommandé la Commission du Corps Législatif, elle avait été accordée à une Compagnie unique en lui laissant le choix de son port de départ:

mais le Gouvernement a fait la très regrettable faute de fractionner les services et de les diviser entre diverses Compagnies *à former*, auxquelles on a *imposé* des ports de départ autres que ceux qui étaient indiqués par le courant naturel des affaires et qu'elles choisiraient si elles en avaient la liberté.

Il en est résulté que ces Compagnies ont beaucoup de peine à trouver des Actionnaires et que, si jamais elles réussissent à se constituer, elles ne feront probablement que de médiocres ou de mauvaises affaires qui les obligeront à demander des augmentations de subvention ou à cesser le service.

Les difficultés contre lesquelles luttent les diverses Compagnies en formation, obligeront peut-être à revenir à une Compagnie unique avec un seul port de départ, à son choix. Ce serait très heureux pour les Actionnaires, pour le public et pour l'Etat; et dans ces conditions, nous pensons que tout le capital nécessaire se réunirait facilement, car la subvention deviendrait alors très suffisante.

On comprend, en effet facilement, qu'une seule administration coûte moins que trois ou quatre administrations différentes, et que les services réunis peuvent assurer la régularité de leur départ, avec moins de bateaux supplémentaires ou de réserves, que les mêmes services étant établis dans trois ou quatre ports.

Les assurances maritimes ont généralement été moins lucratives en 1857 qu'en 1856. Il y a une tendance à la diminution des primes qui est d'autant moins favorable aux assureurs, que le nombre de pertes totales a légèrement augmenté en 1857.

Le Havre a été honoré en 1857, de deux visites de l'Empereur, allant en Angleterre et en revenant. Le peu d'heures que Sa Majesté a passé dans notre port ont suffi pour faire saisir à sa haute intelligence à quel vaste avenir ce port est destiné et combien il importe de l'agrandir et de l'améliorer. L'Empereur a, sur les lieux mêmes, donné l'ordre à

M. l'ingénieur en chef de lui soumettre à bref délai, des plans d'agrandissement.

Ces plans sont faits et ont déjà reçu la sanction, tant de l'Empereur que du Conseil des Ponts et Chaussées; nous pouvons donc nous attendre à voir, d'ici à peu d'années, Le Havre converti en port de tout premier ordre pouvant recevoir, non-seulement à toute marée, mais aussi à toute heure de marée, les plus grands navires. Ce port rivalisera certainement avec celui de Liverpool, lorsque la liberté commerciale sera donnée au commerce français comme elle l'a été au commerce anglais.

Le Bassin-Dock s'achève rapidement, mais déjà il est facile de voir qu'il sera insuffisant et qu'il faudra en creuser un second.

Les Chemins de Fer français ont été augmentés en 1857 de 1,300 kilomètres environ et représentent aujourd'hui un total d'environ 7,500 kilomètres, qui font environ 300,000,000 de recettes!

Il est extrêmement fâcheux qu'un Agent qui exerce une influence aussi énorme sur la fortune et le bien-être public, et qui a été en grande partie créé avec l'argent du public, soit exploité au seul point de vue des Actionnaires.

Partout on voit les Compagnies chercher à détruire les concurrences qui profitent au public pour arriver à s'assurer le monopole des transports et elles créent, à cet effet, des anomalies dans les prix qui ôtent toute sécurité aux entreprises particulières. Tel qui crée une usine sur le Chemin de l'Ouest à 100 kilomètres de Paris, peut se voir ruiné par un concurrent qui s'établira à 150 kilomètres de Paris, sur le Chemin de l'Est, et qui obtiendra de cette Compagnie un prix de transport inférieur à celui consenti par la Compagnie de l'Ouest.

Il est indispensable d'arriver à une uniformité de tarifs et de conditions pour le transport des voyageurs et des marchandises sur tous les Chemins français, dût-on avoir recours à une expropriation générale pour cause d'utilité publique.

C'est une grave erreur que de croire que cette expropriation serait contraire aux lois votées. La propriété d'un Chemin de Fer est aussi sacrée que n'importe quelle autre propriété, mais elle ne l'est pas davantage.

L'Etat ne peut devenir *gratuitement* propriétaire des Chemins de Fer, ou ne peut *les racheter* aux conditions prévues dans les actes de concession, que dans les délais stipulés dans ces mêmes actes ; mais il a le droit incontestable d'exproprier les Chemins de Fer, pour cause d'utilité publique *à n'importe quelle époque*, non plus aux conditions prévues lors des concessions, mais moyennant des indemnités à fixer par le jury d'expropriation.

Financièrement, l'expropriation des Chemins de Fer se ferait facilement, car la très grande majorité des Actionnaires accepterait des rentes hypothéquées sur les Chemins, en échange de leurs Actions.

Devenu maître de tous les Chemins, l'Etat les exploiterait au seul point de vue de l'intérêt public et y introduirait surtout cette uniformité et cette sécurité qui y font si cruellement défaut aujourd'hui ; et l'influence de l'abaissement et de l'uniformité kilométrique des prix de transport serait immense sur la fortune publique dont le Gouvernement a seul à se préoccuper.

L'année 1858 se présente sous de favorables auspices, au nombre desquelles il convient de ranger la protection divine si manifeste, qui vient de préserver le Chef de l'État, et avec lui la prospérité de la France.

COTONS

Nous disions dans notre Revue pour 1856 : « Il est donc probable « que l'on verra en 1857 des prix auxquels on n'était pas habitué, « mais il ne faut pas perdre de vue que nous sommes entrés dans une « campagne très dangereuse, où un événement imprévu peut venir « subitement déranger les prévisions les mieux fondées. »

Les prix ont en effet monté de 105 à 125 pour le bas Louisiane et de 108 à 128 pour le très ordinaire Louisiane ; cette hausse paraissait pleinement justifiée :

Par la faiblesse des stocks en Europe, qui se trouvaient au 30 Septembre dernier, réduits à 300,000 balles en Coton des Etats-Unis, contre 600,000 balles des Etats-Unis, au 30 Septembre 1856 ;

Par les avis non contredits jusqu'au mois d'Octobre, que la récolte était très en retard, et par conséquent exposée aux éventualités de gelées précoces ; et enfin :

Par le résultat satisfaisant des récoltes de Céréales en Europe qui écartait toute préoccupation relativement à l'alimentation publique.

Tout semblait ainsi concourir à justifier l'opinion du maintien des hauts prix, même pour 1858, et telle était la confiance dans l'avenir des Cotons, que des marchés à livrer en *Mars* ont été faits au commencement de *Septembre*, sur la base de 121 le bas Louisiane qui valait à cette époque 120 en disponible.

Ces affaires pouvaient être taxées de témérité ; mais si l'on veut bien se rappeler que jusqu'au 30 Septembre, les consommations réunies des Etats-Unis et de l'Europe avaient dépassé celles de 1856, et que les motifs de hausse cités plus haut existaient alors sans conteste, on comprendra que des esprits trop hardis ont pu être éblouis et qu'ils n'ont, pour ainsi dire, pas vu de limite à l'élévation des prix.

Mais vers la fin d'Octobre, la crise financière et commerciale vint désillusionner les plus optimistes, et à partir de cette époque, la baisse se dessina nettement et fit les progrès les plus rapides.

Le tableau suivant indique les variations des cours sur la place du Havre pendant l'année 1857.

Cours des Cotons bas et très ordinaires Louisiane.

	Bas Louisiane.			Très ordinaire Louisiane.		
	plus bas.	plus haut.	commune.	plus bas.	plus haut.	commune.
Janvier	106	107	106	108	109	109
Février	105	107	106	108	110	109
Mars	107	108	107	110	111	111
Avril	107	108	107	111	111	111
Mai	108	112	111	111	115	114
Juin	114	115	116	116	118	117
Juillet	115	115	115	118	118	118
Août	115	120	117	114	124	122
Septembre	120	123	122	124	126	125
Octobre	115	125	121	120	128	124
Novembre	97	114	102	102	120	106
Décembre	89	99	93	94	103	97

La hausse a ainsi été de 20 °/o et la baisse de 30 °/o.

L'élévation des prix pour les Cotons en laine, pendant la majeure partie de 1857, a rendu la position des filateurs très difficile, car non seulement ils vendaient leurs filés sans bénéfice mais ils ont encore dû perdre beaucoup sur la moins value des Cotons en laine dont ils avaient fait des approvisionnements assez considérables dans la crainte d'une hausse ultérieure.

La campagne de 1858 promet de les dédommager amplement.

D'après les derniers avis reçus des pays de production, on peut compter sur de fortes importations qui, il faut l'espérer, maintiendront les prix dans des limites raisonnables.

On estime la récolte aux Etats-Unis à 3,250,000 B. et l'Inde qui a fourni à l'Europe 780,000 B. en 1857, peut facilement nous en envoyer autant en 1858, si la guerre de Chine se prolonge.

Le pain est à bon marché et toutes les autres denrées alimentaires ont baissé de 20, 30 et jusqu'à 40 °/₀ sur les plus hauts prix payés en 1857.

Le pays jouit d'une tranquillité parfaite; l'argent tend à devenir de plus en plus abondant, et la population ouvrière, à l'exception de celle de Lyon qui souffre par suite des désastres survenus en Amérique, se trouve dans des conditions relativement meilleures que l'année dernière.

Tout semble donc concourir à préparer une belle année industrielle et commerciale.

Nous allons passer en revue le mouvement des Cotons en France, en Angleterre, dans les autres pays d'Europe et aux Etats-Unis, pendant l'année 1857, comparée aux quatre années précédentes.

Contrairement à ce que nous disions dans nos Revues pour 1856 et 1855, nous avons cette fois à constater une diminution tant sur les importations que dans la consommation générale de l'Europe.

Les tableaux suivants résument le mouvement des importations en France, en Angleterre et autres pays d'Europe, pendant l'année 1857, comparé aux quatre années précédentes.

Arrivages de Coton au Havre.

Années	des États-Unis	du Brésil et d'ailleurs	de l'Inde	Total
1857	392,000 B.	9,400 B.	29,900 B.	431,300 B.
1856	434,000	12,700	—	446,700
1855	406,000	11,500	—	417,500
1854	411,000	14,000	—	425,000
1853	374,000	15,000	—	389,000

Arrivages dans les autres Ports de France

Années	des Etats-Unis	du Brésil et d'ailleurs	de l'Inde	Total
1857	11,000 B.	22,000 B.	7,500 B.	40,500 B.
1856	30,000	28,000	—	58,000
1855	12,000	33,000	—	45,000
1854	19,300	26,000	—	45,300
1853	14,500	50,000	—	64,500

En réunissant ces deux tableaux, les importations en France ont été de

471,800 B. en 1857
504,700 » 1856
463,600 » 1855
470,000 » 1854
462,000 » 1853

Les Cotons de l'Inde ont joué, pour la première fois, un rôle important ; ils figurent pour 37,500 balles dans les importations, principalement en Coton Surate.

Les droits de douane ont été acquittés pour Cotons de toutes provenances sur

72,500,000 k. contre :
84,000,000 » en 1856
76,000,000 » » 1855
71,600,000 » » 1854
75,000,000 » » 1853

Les importations en Angleterre ont été comme suit, pendant les cinq dernières années.

Années	des E.-Unis	du Brésil	des Antilles et d'ailleurs	d'Egypte	de l'Inde	Total
1857	1,482,000 B.	168,000 B.	11,500 B.	75,600 B.	680,000 B.	2,417,000 B.
1856	1,758,000	122,000	21,000	103,000	464,000	2,468,000
1855	1,623,000	135,000	9,000	115,000	396,000	2,278,000
1854	1,666,000	107,000	9,300	81,000	308,000	2,171,000
1853	1,532,000	132,400	8,800	105,400	485,000	2,264,000

Dans les pays d'Europe autres que l'Angleterre et la France, on a reçu :

	1857	1856	1855	1854	1853
des Etats-Unis directement..	410,000 B.	552,000 B.	284,000 B.	342,000 B.	364,000 B.
de l'Inde..............................	60,000	—	—	—	—
de l'Angleterre......................	337,000	327,000	317,000	316,000	349,000
de la France.........................	50,000	45,000	43,000	20,000	25,000
	857,000 B.	924,000 B.	644,000 B.	678,000 B.	738,000 B.

Il résulte des tableaux ci-dessus que les importations en Europe des pays de production ont été, en 1857, de

3,358,000 B. en toutes sortes, contre :
3,535,000 en 1856
3,025,600 » 1855
2,983,000 » 1854
3,082,000 » 1853

Le déficit porte sur :

Cotons des Etat-Unis,	pour	479,000 B.
— d'Egypte,	—	33,400
— des Antilles et d'ailleurs,	—	10,000
	diminution	522,400

Par contre, il y a eu augmentation :

sur les Cotons de l'Inde		313,500 B.
—	du Brésil	42,700
	augmentation	456,200

Les recettes et les expéditions des Etats-Unis ont été comme suit, depuis cinq ans :

Tableau du mouvement des Cotons aux Etats-Unis.

Années	Récoltes	Exportations des Etats-Unis pour			Total
		Angleterre	France	Continent	
1856—57....	2,940,000 B.	1,428,000 B.	413,000 B.	410,000 B.	2,251,000 B.
1855—56....	3,528,000	1,921,000	480,000	552,600	2,954,000
1854—55....	2,847,000	1,550,000	410,000	284,000	2,244,000
1853—54....	2,928,000	1,604,000	374,000	341,000	2,319,000
1852—53....	3,262,000	1,736,000	426,700	364,000	2,526,000

La consommation de Coton de toutes sortes, en Europe et aux Etats-Unis a été à peu près comme suit :

	1857	1856	1855	1854	1853
	B.	B.	B.	B.	B.
en Angleterre	1,960,000	2,265,000	2,100,000	1,949,000	1,854,000
en France	384,000	450,000	427,000	400,000	425,000
autres pays d'Europe	650,000	725,000	600,000	600,000	650,000
en Europe	2,994,000	3,440,000	3,127,000	2,949,000	2,929,000
aux Etats-Unis	702,000	653,000	594,000	610,000	671,000
Total	3,696,000	4,093,000	3,721,000	3,559,000	3,600,000

Pour faire face aux consommations ci-dessus, il y a eu approximativement :

	1857	1856	1855	1854	1853
	—	—	—	—	—
	B.	B.	B.	B.	B.
Stock au 1er Janvier.........	425,000	570,000	725,000	760,000	700,000
Récolte aux Etats-Unis...	2,940,000	3,527,000	2,850,000	2,928,000	3,262,000
Venu de l'Inde..................	780,000	470,000	400,000	312,000	500,000
» d'Egypte, du Brésil et d'ailleurs	300,000	300,000	300,000	270,000	310,000
	4,445,000	4,867,000	4,275,000	4,270,000	4,772,000

Nous commençons l'année avec un stock en Europe, d'environ :

570,000 B. contre :
425,000 » au 31 Décembre 1856
570,000 » » 1855
725,000 » » 1854
760,000 » » 1853

CAFÉS

Les importations en France en 1857 ont atteint le chiffre énorme de 52,500,000 kil., contre 40,000,000 kil. en 1856 et 39,900,000 kil. en 1855 qui avaient déjà été des années de fortes importations.

L'augmentation porte principalement sur les Cafés Haïti et les Ceylan.

Le tableau suivant indique les importations de Café en France pendant les cinq dernières années.

Années	Cafés Étrangers		Colonies françaises	Total
	d'en deçà des Caps au droit de 57 ¼ le ½ kil.	d'au delà des Caps au droit de 46 80 le ½ kil.		
1857.........	36,600,000 K.	15,000,000 K.	900,000 K.	52,500,000 K.
1856.........	27,000,000	12,200,000	800,000	40,000,000
1855.........	29,700,000	9,500,000	650,000	39,900,000
1854.........	25,500,000	8,800,000	700,000	35,000,000
1853.........	20,110,000	6,700,000	950,000	27,800,000

Malgré ces importations considérables qui ont aussi eu lieu sur les autres grands marchés d'Europe, les prix ont eu un mouvement de hausse soutenue pendant tout le premier semestre. Ce mouvement ne peut s'expliquer que par l'élan général donné aux affaires et par une appréciation fausse sur le développement des débouchés.

La consommation avait bien acheté au-delà de ses besoins dans le premier semestre, puisque les acquittements en France, pour les premiers six mois avaient été de :

Kil. 15,600,000, contre 10,600,000, six premiers mois de 1856, sans compter les quantités achetées pour compte de l'intérieur et restant dans les ports et entrepôts.

Les acquittements des six derniers mois ont été de 11,400,000 kil., contre 12,400,000 six derniers mois 1856. Il est donc arrivé l'inverse de ce qui s'était passé en 1856.

Aussi, dès le mois de Juillet les affaires ont été réduites à des chiffres minimes ; on a conservé pendant trois mois les mêmes cours, mais sans pouvoir vendre des parties importantes.

Le même fait s'est produit dans les autres pays d'Europe, et les ventes publiques d'automne de la Hollande où 180,000 sacs furent retirés ou rachetés, faute d'enchères suffisantes, démontrent d'une manière incontestable que les besoins étaient plus que remplis.

Dès ce moment, la baisse a été inévitable et elle se fût faite tout naturellement.

La crise financière n'a eu pour effet que de l'accélérer et de l'exagérer.

Les prix des Cafés Haïti et Rio ont varié comme suit, sur la place du Havre en 1857:

	HAITI.			RIO NON LAVÉ.			RIO LAVÉ.		
Janvier	62 50	à	66 —	58 —	à	64 —	75 —	à	— —
Février	65 —	»	70 —	62 —	»	68 —	77 —	»	— —
Mars	70 —	»	72 50	63 —	»	67 —	73 —	»	85 —
Avril	68 —	»	71 —	62 —	»	66 —	77 —	»	83 —
Mai	69 —	»	74 —	59 —	»	69 —	79 —	»	86 —
Juin	72 —	»	74 —	60 —	»	70 —	75 —	»	87 —
Juillet	71 —	»	76 —	60 —	»	70 —	75 —	»	87 —
Août	71 —	»	74 —	60 —	»	68 —	75 —	»	87 —
Septembre	71 —	»	74 —	60 —	»	68 —	75 —	»	87 —
Octobre	69 —	»	73 —	57 50	»	67 50	75 —	»	87 —
Novembre	60 —	»	70 —	52 50	»	60 —	70 —	»	85 —
Décembre	49 —	»	60 —	48 —	»	60 —	60 —	»	80 —

La hausse aurait ainsi été de 21 à 22 °/₀ et la baisse d'environ 28 à 30 °/₀.

Les importations et les débouchés des Cafés au Havre, ont été comme suit, pendant les cinq dernières années :

Années.	Importations.	Débouchés.	Stock au 31 Décembre
1857	23,000,000 K.	18,500,000 K.	7,500.000 K.
1856	16,600,000 »	14,600,000 »	3,000,000 »
1855	18,500,000 »	19,000,000 »	1,200,000 »
1854	12,600,000 »	11,500,000 »	1,800,000 »
1853	13,200,000 »	14,500,000 »	1,500,000 »

Les importations au Havre se sont divisées comme suit :

	1857			1856			1855		
Proven......	Sacs	Qts.	Bts.	Sacs	Qts.	Bts.	Sacs	Qts.	Bts.
Haïti.........	138,000	18	—	70,000	—	—	78,000	—	—
Brésil	101,000	58	—	93,000	—	—	81,000	—	—
Pº Cº Lagª et d'aill....	18,000	400	1,500	20,000	—	834	22,000	—	1,700
de l'Inde...	84,600	1,800	1,100	66,000	563	1,331	79,000	2,400	473
M. Guad...	—	2,400	—	—	1,237	—	—	—	—
	341,600	4,676	2,600	249,000	1,800	2,165	260,000	2,400	2,173

Ainsi, sur une importation totale en France de 52,500,000 kil., le Havre a reçu 23,000,000 kil.

La consommation a été forte en 1857, soit :

27,000,000 K.	contre :	
23,000,000 »	en	1856
26,700,000 »		1855
21,700,000 »		1854
20,000,000 »		1853

Dans les acquittements de 27 millions de kil. en 1857,

Les Cafés	de l'Inde.............	figurent	pour	37 50 °/₀.
—	de Haïti...............	»	»	23 25 »
—	du Brésil.............	»	»	19 25 »
—	autres sortes........	»	»	19 — »

Les stocks en France au 31 Décembre dernier s'élevaient au chiffre considérable de :

21,000,000 K.	contre :	
10,200,000 »	au 31 Décembre	1856
12,700,000 »	» »	1855

Ainsi, en calculant sur une consommation de 27 millions de kil. comme en 1857, le stock actuel représenterait neuf mois de consommation.

D'après les tableaux qui précèdent, le mouvement général des Cafés en France, en 1857, a été comme suit :

Stock au 31 Décembre 1856. K.	10,200,000	
Importations en 1857	52,500,000	62,700,000
Consommation en 1857 .... K.	27,000,000	
Exportations .... K.	14,700,000	41,700,000
Stock au 31 Décembre 1857 .... K.		21,000,000

Le tableau suivant indique les importations sur les principaux marchés d'Europe, pendant les cinq dernières années.

Quantités exprimées en 1,000 kil.

	1857	1856	1855	1854	1853
Hollande — Société de commerce	54,000	75,000	67,000	54,000	54,500
France	52,500	40,000	38,500	32,500	27,800
Londres	19,000	20,000	20,900	21,700	19,000
Anvers — Importations directes	23,000	11,000	16,000	14,100	13,800
Hambourg — Importations directes	45,000	36,000	43,000	39,700	40,000

Le mouvement des Cafés en Hollande, entre les mains de la Société de Commerce des Pays-Bas, a été comme suit, pendant les cinq dernières années :

Années.	Importations	Ventes publiques de l'année	Stock au 31 Décembre
1857	894,000 B.	804,000 B.	709,000 B.
1856	1,150,000	1,053,000	631,000
1855	1,100,000	980,000	477,000
1854	887,000	819,000	394,000
1853	838,000	944,000	428,000

				Prix du bon Java ordin.
Les ventes du printemps	s'élevèrent à	443,625 s.		35 1/2 à 36
d° d'automne	d°	361,000 »		41 c.

Le bon ordinaire Java est tombé aujourd'hui à 33 c.

Les stocks généraux en Europe, au 31 Décembre, s'élevaient environ à 98,000 tonneaux contre 70,000 tonneaux au 31 Décembre 1856 et 60,400 au 31 Décembre 1855.

Nous commençons ainsi l'année avec des approvisionnements considérables surtout en France ; nous devons donc nous attendre à des prix très modérés en 1858.

Il ne faut cependant pas perdre de vue que les stocks dans les ports, se trouvent considérablement augmentés par les déficits qui existent à l'intérieur, les détaillants ayant beaucoup restreint leurs achats pendant le dernier trimestre. On doit aussi s'attendre à des importations beaucoup moins considérables en 1858.

La récolte au Brésil est estimée seulement à 2/3 de la précédente, et d'après les derniers avis de St-Domingue, une diminution importante est également probable de ce côté.

La récolte à Java sera faible d'après les avis donnés par le gouvernement de Java.

Nous ne voyons que Ceylan où la production soit en voie de progrès. Les expéditions en 1857 s'élevèrent à 32,000 ton., contre 17,000 en 1850, et l'on pense qu'elles pourront atteindre 40,000 ton. en 1858.

SUCRES

L'augmentation progressive que nous avions eu à signaler dans nos précédentes Revues, sur les importations des Sucres de nos Colonies, ne s'est pas soutenue en 1857; nous avons à constater un déficit de 3,500 tonneaux.

Il y a cependant eu 4,000 tonneaux d'augmentation sur les importations de la Réunion. Le déficit serait ainsi de 7,500 tonneaux sur les Sucres des Antilles, soit :

4,300	tonn.	pour la	Martinique,
3,200	»	»	Guadeloupe.

Ces deux Colonies restent ainsi bien au-dessous de leur production avant l'émancipation, tandis que celle de la Réunion a plus que doublé depuis la même époque.

Ce fait que nous avons déjà eu occasion de faire ressortir, prouve la nécessité de fournir des travailleurs à nos Colonies des Antilles.

L'émigration des Coolis de l'Inde a rencontré des obstacles de diverses natures et celle des noirs volontaires de la Côte d'Afrique est menacée de rencontrer des difficultés d'un autre genre.

Les importations en France, des Sucres de nos Colonies ont été de :

92,000	tonn.	en 1857	contre :
95,500	»	1856	
89,000	»	1855	
82,000	»	1854	
63,000	»	1853	
99,000	»	1847	année qui a précédé l'émancipation.

Ces importations se divisent comme suit :

Quantités exprimées en tonneaux de 1,000 k°

Années.	Guadeloupe.	Martinique.	Réunion.	Cayenne.	Total.
—	—	—	—	—	—
1857..........	18,500	22,300	51,000	300	92,100
1856..........	21,600	26,600	57,000	200	95,400
1855..........	21,000	18,500	48,900	600	89,000
1854..........	22,000	24,300	35,700	—	82,000
1853..........	14,800	20,700	27,100	300	63,000
1847..........	40,300	32,100	24,800	2,300	99,500

Les importations de Sucres étrangers en 1857 présentent une augmentation assez considérable sur celles de 1856; elles se sont élevées à

62,000 T. contre 41,000 T. en 1856
80,000 » 1855
48,000 » 1854
41,000 » 1853

Sur les 62,000 tonneaux importés en 1857, 35,000 tonneaux ont été réexportés sous la forme de raffinés, soit, à peu de chose près, la même quantité qu'en 1856.

La campagne de 1856/7, pour la Sucrerie indigène, a produit :

83,000 T. contre 92,000 T. en 1855/6
45,000 » 1854/5
77,000 » 1853/4
75,000 » 1852/3

Au 20 Novembre dernier il y avait 330 fabriques en activité, contre

281 fabriques en 1856
270 » 1855

Il est donc à présumer que la fabrication du Sucre indigène atteindra, dans la campagne de 1857/8, un chiffre très considérable, la Betterave ayant été exceptionnellement grosse.

La consommation de la France, en Sucres de toutes provenances, a été comme suit, pendant les trois dernières années :

	1857	1856	1855
Sucre indigène	78,000 tonn.	78,000 tonn.	59,000 tonn.
» des Colonies françaises	85,000 »	94,000 »	91,000 »
» des Colonies étrangères	50,000 »	33,000 »	60,000 »
	213,000 tonn.	205,000 tonn.	210,000 tonn.
à déduire Sucre raffiné exporté	35,000 »	36,000 »	34,000 »
reste p^r^ la consommation de la France	178,000 tonn.	169,000 tonn.	176,000 tonn.

Il y a ainsi eu augmentation dans la consommation de :

9,000	tonneaux sur	1856
2,000	—	1855
19,000	—	1854

Les prix ont subi, dans le courant de 1857, des fluctuations considérables en hausse et en baisse.

Les cours ont varié comme suit, sur la place du Havre, pour les Sucres des Antilles et de la Havane, type n° 12.

	plus bas.		plus haut.		commune.		Havane n° 12.
Janvier	66 50	—	68 —	—	67 —	—	45 —
Février	68 —	—	69 —	—	68 50	—	46 —
Mars	69 50	—	71 —	—	70 —	—	47 —
Avril	71 —	—	75 —	—	72 25	—	48 50
Mai	77 —	—	85 —	—	81 25	—	57 —
Juin	80 —	—	82 50	—	81 50	—	57 —
Juillet	77 —	—	81 —	—	79 —	—	54 50
Août	72 —	—	76 —	—	74 25	—	49 75
Septembre	73 50	—	74 75	—	74 —	—	48 75
Octobre	70 —	—	74 —	—	72 75	—	46 —
Novembre	57 —	—	70 —	—	61 25	—	35 75
Décembre	55 —	—	58 —	—	56 75	—	31 75

La hausse a ainsi été de 43 °/₀ et la baisse de 48 °/₀.

La hausse était en partie motivée par la faiblesse des stocks en Europe, mais la spéculation avait poussé les prix outre mesure. Une réaction en baisse était inévitable; malheureusement la crise financière a eu pour effet de précipiter les cours au-dessous des deux précédentes années, il en est résulté des pertes énormes pour les importeurs et les spéculateurs. La baisse qui avait été aussi exagérée que la hausse, a eu à son tour une réaction, et de F. 55 la bonne quatrième des Antilles, nous sommes remontés à F. 58.

Nous commençons l'année avec un stock en France de :

	Sucre indigène.	des Colonies Françaises.	des Colonies Etrangères.	Total.
	26,000 T.	15,600 T.	5,600 T.	47,200 T.
contre, 1857......	16,000 »	7,700 »	10,300 »	34,000 »

Les stocks actuels n'ont donc rien d'extraordinaire, mais nos Colonies et le Sucre indigène devront amplement suffire à nos besoins.

Nous comptons recevoir au moins 100,000 tonneaux de nos Colonies, et le Sucre indigène pourra produire autant, sinon davantage.

Il ne resterait ainsi pas de place pour le Sucre étranger dont les cours devront être réglés sur les prix d'exportation.

Les importations de Sucre en Europe se chiffrent comme suit, pendant les onze premiers mois de 1857 comparés aux époques correspondantes de 1856 et de 1855 :

1857	670,000 T.
1856	709,000 »
1855	681,000 »

Il y aurait ainsi une diminution de 39,000 tonneaux dans les importations de 1857 sur celles de l'année précédente, mais la consommation en Europe paraît avoir diminué de 52,000 tonneaux en 1857, déficit qui porte en entier sur les pays d'Europe, autres que la France et l'Angleterre.

Aussi, les stocks au 30 Novembre dernier, étaient-ils montés à

125,000 T.	contre :
89,000 »	au 30 Novembre 1856
87,000 »	» » 1855

Les importations en 1858 seront, suivant toutes les probabilités, aussi importantes qu'en 1856, soit .... 700,000 ton.

On doit ainsi s'attendre à des prix très modérés pendant au moins une grande partie de l'année, mais aussi à de fortes consommations qui pourront nous ramener de faibles stocks, et par suite, des spéculations.

Nous ne serions donc pas surpris de voir les prix s'élever dans le courant de l'année, assez sensiblement au-dessus des cours actuels sans croire cependant au retour des prix exagérés de 1857.

Production du Sucre.

Tableau extrait de la Circulaire de M. A. BAUER.

		1856	1857 (estimée)	1858 (estimée)
Pour l'Europe et les Etats-Unis seulement.	Cuba.............. Tonneaux.	355,000	360,000	375,000
	Porto-Ricco..........................	52,000	40,000	50,000
	Brésil..................................	83,000	94,000	90,000
	Louisiane............................	113,700	36,300	125,000
	Colonies françaises............	94,300	90,000	95,000
	Indes occid. hollandaises...	13,000	13,000	 18,000
	d° danoises......	5,000	5,000	
	d° anglaises.....	150,000	145,000	160,000
	Indes orientales d°	64,000	60,000	45,000
	Maurice..............................	90,000	80,000	90,000
	Java....................................	102,000	90,000	90,000
	Manille, Siam et Chine.....	40,000	35,000	40,000
	Tonneaux.....	1,162,000	1,048,300	1,178,000
		Betterave	Betterave	Betterave
France..		91,000	82,000	110,000
Belgique..		10,000	13,000	13 à 15,000
Zollverein......................................		71,000	79,000	80,000
Russie et Autriche....................		3,7000	45,000	45,000
		209,000	219,000	250,000
	Total Tonneaux....	1,371,000	1,267,300	1,428,000

INDIGOS

Mouvement des Indigos au Havre pendant l'année 1857.

	Bengale	Java	Madras et Kurpah	Manille	Caraque	Total
Arrivages	5,376 c.	118 c.	56 c.	20 c.	40 c. 134 s.	5,610 c. 134 s
Ventes	4,657 c.	191 c.	28 c.	24 c.	49 c. 30 s.	4,949 c. 30 s
Expéditions pour la consom.	4,113 c.	116 c.	35 c.	25 c.	26 c. 55 s.	4,315 c. 55 s
pour l'exportation	404 —	—	8 —	—	— 73 s.	412 73
Ensemble	4,517 c.	116 c.	43 c.	25 c.	26 c. 128 s.	4,727 c. 128 s

Les importations en France, de toutes provenances, ont été comme suit, pendant les cinq dernières années :

	1857	1856	1855	1854	1853
	—	—	—	—	—
Bengale	8,231 c.	8,773 c.	5,902 c.	5,417 c.	8,553 c.
Java	326 »	686 »	736 »	389 »	876 »
Madras et Kurpah	3,344 »	4,491 »	1,903 »	1,733 »	2,793 »
Autres sortes	269 »	271 »	30 »	—	43 »
	12,170 c.	14,221 c.	8,571 c.	7,539 c.	12,265 c.

La consommation entière de la France a été de :

8,572	caisses en	1857
9,718	—	1856
9,500	—	1855
8,012	—	1854
7,744	—	1853

Les stocks réunis du Havre et de Bordeaux, au 31 Décembre 1857 en Indigo de toutes provenances, étaient de :

	Havre.	Bordeaux.	Total.
	—	—	—
Bengale	1,920 c.	605 c.	2,525 c.
Java	55 »	—	55 »
Madras et Kurpah	44 »	900 »	944 »
Manille et autres	54 »	92 »	146 »
	2,073 c.	1,597 c.	3,670 c.

Contre, au 31 Décembre	1856	1,842 c.
—	1855	3,471 »
—	1854	4,970 »
—	1853	6,830 »

Il résulte des tableaux qui précèdent, que les importations en France, en 1857, ont été de 2,051 caisses, plus faibles qu'en 1856, mais supérieurs de.................... 3,599 » à celles de 1855,
4,631 » » 1854.

La consommation présente aussi un déficit de 1,146 caisses, sur celle de 1856, et les stocks du 31 Décembre étaient le double de ceux du 31 Décembre 1856.

La marche de l'Indigo en 1857, a suivi des phases très diverses.

Les cinq premiers mois furent marqués par des affaires très languissantes et une grande faiblesse dans les prix, causée par les avis de Calcutta et de Madras, qui faisaient entrevoir des expéditions considérables et hors de proportion avec nos besoins.

La baisse s'arrêta en Juin, à la réception des premières nouvelles de l'insurrection dans l'Inde.

En Juillet, la prime sur les nouvelles estimations, qui s'était établie à 30 et 50 c., s'est élevée à F. 1 et jusqu'à F. 1.75, pour les qualités fines.

En Août, on a payé F. 1.75 et jusqu'à F. 2.40 de prime, et en Septembre, la prime s'est élevée à F. 3.50 pour les qualités fines, F. 2.75, F. 3.25 pour les qualités ordinaires et moyennes.

Quelques affaires furent encore traitées au commencement d'Octobre, aux prix du mois précédent, mais à partir du 9 Octobre, on a subi la conséquence de la crise survenue en Angleterre.

Les ventes de Londres donnèrent le signal de la baisse, et à partir de cette époque, notre marché a été extrêmement calme.

Les dernières ventes ont été faites de F. 1.50 à F. 1.75 de prime seulement, établissant ainsi une baisse de F. 1.25 à F. 1.50.

On peut cependant considérer la position de l'Indigo en Europe, comme très bonne.

La récolte 1856-57 se trouve réduite d'environ 30,000 maunds, par suite de la destruction des factoreries dans le haut pays.

Calcutta n'aura pas plus de 25 à 26,000 caisses à expédier, ce qui est peu en présence d'un stock en Europe de 24,000 caisses, et d'une consommation générale qui peut se chiffrer par 40,000 caisses.

Les expéditions de Madras seront aussi très réduites.

Il est donc à présumer que les prix tendront à la hausse aussitôt que la consommation reviendra aux achats.

En Angleterre, les importations de l'année dernière, en Indigo de toutes sortes, ont été de :

24,169 caisses, contre 30,364 caisses en 1856.

Les débouchés se sont élevés à :

24,746 caisses, contre 25,759 caisses en 1856.

Stock à Londres au 31 Décembre :

19,779 caisses, contre 20,356 caisses au 31 Décembre 1856.

Le mouvement général de l'Indigo, en France et en Angleterre, a été comme suit en 1857 :

	Angleterre.	France.	Total.
Stock au 31 décembre 1856.	20,356 c.	1,927 c.	22,283 c.
Importations 1857..................	24,169 »	12,170 »	36,339 »
	44,525 c.	14,097 c.	58,622 c.
Débouchés en 1857................	24,746 »	10,427 »	35,173 »
Stock au 31 Décembre 1857..	19,779 c.	3,670 c.	23,449 c.

Les stocks réunis, en Angleterre et en France, sont ainsi de :

23,449	Caisses contre :		
22,296	»	au 31 Décembre	1856
19,208	»	»	1855
28,461	»	»	1854
30,113	»	»	1853
33,263	»	»	1852
36,299	»	»	1851

La dernière récolte au Bengale, soit 1856/7, ne s'est élevée qu'à 100,510 maunds, celle de 1857/8 ne donnera pas davantage et la récolte de 1858/9 pourrait être beaucoup plus faible encore si la tranquillité n'est pas promptement rétablie dans l'Inde.

CUIRS

Les importations de Cuirs au Havre ont été très importantes en 1857 ; elles s'élèvent à :

817,000	pièces	contre :
509,000	»	en 1856
586,000	»	» 1855
314,000	»	» 1854
309,000	»	» 1853

Les importations en 1857 se divisent comme suit :

				1856	1855
				—	—
De la Plata..................	secs	126,000	contre	127,500	172,000
	salés	55,800	»	36,500	50,000
à reporter...............		181,800		164,000	222,000

Importations de la Plata	181,800	contre	164,000	222,000
Rio-Grande ... salés	23,700	»	13,600	19,000
Rio-Janeiro	28,400	»	29,000	30,000
Chevaux secs et salés	156,100	»	70,000	113,000
Autres provenances	197,100	»	108,000	98,000
Total	587,100	»	384,600	482,000
Vachettes de l'Inde	230,000	»	125,000	104,000
Grand Total	817,100	»	509,600	586,000

L'année 1857 a ainsi été la plus forte année d'importations au Havre.

Les prix cependant avaient graduellement monté de 20 °/o sur les cours du 31 Décembre 1856, et jusqu'au mois d'Octobre, rien ne faisait prévoir une réaction en baisse.

La crise américaine a pesé lourdement sur l'article; les stocks aux Etats-Unis, par suite de la stagnation des affaires, s'étaient accumulés dans les environs de 500,000 pièces, dont 200,000 environ ont été dirigés sur l'Europe.

Ces renforts inattendus venant à coïncider avec les arrivages directs, et dans un moment où l'Angleterre commençait à ressentir le contrecoup de la crise américaine, ont eu pour effet immédiat, d'arrêter complètement les achats, de sorte que les stocks se sont accumulés rapidement dans le dernier semestre de 1857, et une baisse de 35 à 40 °/o s'est faite sans transition.

Les hauts prix de 1857 avaient attiré en Europe des Cuirs qui n'auraient jamais été expédiés dans des circonstances ordinaires, aussi, voyons-nous tous les marchés plus ou moins chargés de marchandise très médiocre et d'une vente difficile. Nous commençons l'année avec un stock très élevé, soit :

71,000	secs de la Plata
16,000	salés
12,000	salés Rio-Grande
61,000	Chevaux secs et salés
62,000	Autres sortes
522,000	Pièces

Les prix sont encore tout à fait nominaux. Nous nous bornerons ainsi à donner le prix-courant du 30 Septembre dernier, le plus élevé de l'année, et qui pourra servir de point de comparaison quand les cours s'etabliront de nouveau.

Prix-Courant du 30 Septembre 1857.

		Kil.	Kil.	F.	F.	
Cuirs secs.	Bœufs forts 1re sorte	15 —	à 16 —	200	à 205	pr 50 ko.
	d° bonne force	12 —	14 —	195	200	»
	d° Petits	10 —	11 —	205	210	»
	d° lourds forts 2me	15 —	16 —	182	187	»
	Vaches fortes et nerveuses	10 50	à 11 50	210	215	»
	Taureaux forts et nerveux	16 —	17 —	185	190	»
	Chevaux	4 50	5 —	13	15	pièce
Cuirs salés.	Bœufs forts	28 —	32 —	100	106	pr 50 ko.
	Vaches fortes	23 —	24 —	105	110	»
	d° moyennes	20 —	21 —	100	105	»
	Taureaux	36 —	38 —	80	85	»
	Chevaux	12 —	13 —	14	16	pièce
		14 —	16 —	17	19	»

On doit s'attendre à des importations beaucoup plus faibles en 1858, mais les Cuirs de boucherie font plus que d'habitude concurrence aux Cuirs exotiques.

RIZ

Les importations de Riz au Havre, ont été en

1857	3,636	tierçons	207,000	sacs
1856	6,300	—	391,000	—
1855	3,300	—	166,000	—

L'abondance des récoltes de Céréales en Europe a pesé lourdement sur les Riz dont la vente est devenue à peu près nulle même aux bas prix de F. 10 à F. 14, cours actuels pour les Riz de l'Inde.

Nous croyons cependant à une reprise assez sensible sur des cours aussi avilis, par suite de la forte diminution qui devra se faire sentir dans les importations de l'Inde.

Nous n'avons pas le chiffre de la consommation du Riz en France, pour 1857, mais elle a dû être beaucoup plus faible que celle de 1856, qui avait atteint le chiffre de :

68,000	tonneaux	contre :
33,000	—	en 1855
49,000	—	1854
33,000	—	1853

Sur les 68,000 tonneaux acquittés en 1856, une forte proportion à dû passer à la distillerie.

GRAINS et FARINES

Les importations de Blé et Farine au Havre, ont été de :

5,272,000 kil.	Farine,	contre,	1856	39,400,000 kil.
291,700 hect.	Froment,	»	1856	1,070,000 hect.

Les importations totales en France, pour les onze premiers mois de 1857, chiffres officiels, ont été de:

	5,483,000	hect., dont il faut déduire
pour réexportation	180,000	»
restent:	5,303,000	hect., pour la quantité réellement im-

portée dans le cours des onze premiers mois, contre :

en 1856........................ 8,466,000 hect.,
et en 1855........................ 3,570,000 »

Les importations réelles ont donc été inférieures de:

3,163,000 hect. à celles de 1856, et supérieures
de 1,733,000 » » 1855.

Après quatre années de récoltes insuffisantes, ayant nécessité l'importation réelle de 20,207,000 hectolitres et coûté, au prix moyen de F. 28 l'hectolitre qui résulte des chiffres officiels du *Moniteur*, la somme de 565 millions, la France et l'Europe entière ont eu avec 1857, une année d'abondance dont les bienfaits se sont immédiatement fait sentir pour les populations par l'abaissement progressif et rapide du prix du pain.

Le prix moyen de l'hectolitre de Froment en France était tombé au 31 Décembre à F. 17. 85, tandis qu'à l'époque correspondante il était de.................. » 27. 82 en 1856
» 33. 48 » 1855
» 27. 08 » 1854

Le prix moyen en Belgique était F. 18. 84, au 31 Décembre 1857,
» à Londres » » 20. 40, »

A la fin des quatre dernières années, les cours au Havre étaient comme suit :

1857..........	F. 46	les 200 kil.,	soit	F. 17. 25	l'hect.
1856..........	» 70	»		» 26. 25	»
1855..........	» 89	»		» 33. 35	»
1854..........	» 72	»		» 27. 00	»

Voici les cours moyens de l'hectolitre de Froment, mois par mois, pour la France, ainsi que les a fournis le *Moniteur*, pour les quatre dernières années.

	1857	1856	1855	1854
	—	—	—	—
Janvier....................	27,09	27,00	27,24	30,50
Février....................	27,81	30,39	27,17	31,95
Mars........................	27,58	29,36	26,48	31,01
Avril........................	26,97	28,04	26,22	31,01
Mai	27,16	28,83	26,69	29,82
Juin.........................	27,18	31,00	29,86	29,53
Juillet......................	25,75	33,49	29,57	32,32
Août.........................	21,61	32,63	28,89	32,01
Septembre................	20,23	30,38	31,88	27,22
Octobre	18,73	29,43	32,69	24,15
Novembre	17,97	28,71	32,70	26,39
Décembre..................	17,85	27,80	33,48	27,08
Moyenne de l'année..	23,82	29,75	29,40	29,42

Le prix moyen de l'année 1847, qui fut signalée par une grande disette, a été de F. 29 l'hectolitre.

Un nouveau décret Impérial du 22 Septembre 1857, a prorogé jusqu'au 30 Septembre 1858, l'admission libre par tout pavillon, des Grains et Farines, qui devait prendre fin le 31 Décembre 1857.

On avait remarqué avec surprise que le nouveau décret, apparaissant à la suite d'une magnifique récolte et dénotant une intention de faire un pas décisif dans la voie de la liberté commerciale, ne levait pas l'interdiction *d'exporter* les Céréales.

Une telle lacune commençait déjà à soulever de justes plaintes parmi les populations agricoles, qui voyaient les prix s'avilir en présence de l'impossibilité d'écouler leurs produits à l'étranger.

Un nouveau décret du 10 Novembre dernier, est venu leur donner une juste satisfaction.

Malheureusement, cette mesure a coïncidé avec la crise commerciale, et l'impulsion qui semblait devoir être donnée aux affaires *d'exportation*, n'a pu être que très éphémère.

Mais tout fait présumer que l'exportation des Grains et des Farines est à la veille de prendre une grande activité, et que les cours sortiront très prochainement de l'avilissement où ils sont tombés.

Espérons que nous verrons en 1858, sanctionner d'une manière définitive la liberté commerciale pour les Blés, dont nous jouissons depuis cinq ans, grâce à des décrets toujours prorogés mais qui expirent au 30 Septembre prochain.

Un droit sur le Blé n'est autre chose que le droit donné aux propriétaires de percevoir un impôt à leur profit sur le consommateur. Ces lois se comprenaient lorsque les propriétaires seuls faisaient les lois ; mais avec un Gouvernement qui repose sur le suffrage universel, il serait impolitique de vouloir rétablir l'Echelle Mobile et la haute intelligence du Chef de l'Etat nous est un sûr garant que cette faute ne sera pas commise.

NITRATE DE SOUDE

Il a été importé au Havre :

en 1857	70,000	sacs
1856	34,700	—

en 1855	52,000	—
1854	50,000	—
1853	27,000	—

Les cours ont varié en 1847 de F. 23 à F. 28, les 50 kil., entrepôt. Nous sommes aujourd'hui de F. 23 à F. 25.

La consommation en France, en 1857, a été de :

10,500	tonneaux, contre :	
6,100	—	en 1856
6,700	—	1855
6,000	—	1854

SALPÊTRES DE L'INDE

Les importations au Havre ont été de :

13,600	sacs, contre :	
9,200	—	en 1856
9,300	—	1855
12,200	—	1854
10,500	—	1853

Pendant les sept premiers mois de l'année, les prix ont varié entre F. 50 à 53 mais à partir du mois de Juillet, il y a eu des achats spéculatifs provoqués par les nouvelles graves reçues de l'Inde, qui firent monter les prix jusqu'à F. 75 Le cours actuel est F. 45.

La consommation en France, en 1857 a été de :

3,700	tonneaux, contre :	
1,900	—	en 1856
3,700	—	1855

ETAIN

Le Havre a reçu en 1857 :

75,400	saumons, contre :		
88,000	»	en	1856
65,000	»	»	1855
59,000	»	»	1854
63,000	»	»	1853

Les importations totales en France ont été de :

2,900	tonn. contre :		
2,300	»	en	1856
2,200	«	»	1855

Les droits de Douane ont été acquittés sur :

2,800	tonn. contre :		
2,100	»	en	1856
2,000	»	»	1855

Le mouvement des Etains Banca, en Hollande, qui est le marché régulateur, a été comme suit, pendant les cinq dernières années :

	1857	1856	1855	1854	1853
Importations :	187,000 bl.	207,000 bl.	143,000 bl.	144,000 bl.	119,000 bl.
Ventes :	190,000 bl.	167,000 bl.	134,000 bl.	133,000 bl.	122,000 bl.
Prix de la v. publique	fl. 82 ¼	fl. 73 ½	fl. 74	fl. 66	fl. 72

Les prix ont subi de grandes variations en Hollande, pendant l'année 1857.

De fl. 86 on est monté à fl. 93, pour retomber à fl. 85 $^1/_2$ en Mai, et à fl. 77 en Juin, et remonter à la vente publique du mois d'Août à fl. 82 $^1/_4$; mais à partir de cette époque la baisse a fait des progrès rapides et on est tombé à la fin de l'année à fl. 62.

MÉTAUX DIVERS

Importations pendant les onze premiers mois de 1857 :

Fers étirés en barres......	44,000	tonn.,	contre :	
	93,000	»	onze premiers mois	1856
	64,000	»	»	1855
Fonte brute..................	112,000	tonn.	contre :	
	130,000	»	»	1856
	125,000	»	»	1855
Plomb..........................	33,000	tonn.	contre :	
	36,000	»	»	1856
	33,600	»	»	1855

HUILE DE BALEINE

Il a été importé au Havre en 1857 :

9,200	Barils,	contre :	
10,600	»	en	1856
4,200	»	»	1855
13,600	»	»	1854
5,600	»	»	1853

Les prix ont varié dans l'année de F. 68 à F. 72. 50 ; prix actuel F. 63.

HUILE DE PALME ET DE COCO

Nous avons reçu en 1857 :

3,800 fûts Huile de Palme, contre 4,000 fûts en 1856
2,200 » Coco, » 500 » 1855

Les prix se sont encore maintenus élevés en 1857, soit de F. 55 à F. 61 pour les Huiles de Palme, et de F. 60 à F. 70 pour les Huiles de Coco.

OR ET ARGENT

		Monnayage à Paris.		Prix du kil. au 1er Janvier.	
Années.		Or.	Argent.	Or.	Argent.
		F.	F.	F.	F.
1857		573,000,000	3,800,000		
1856	—	486,000,000	25,000,000	3,451	225
1855	—	404,000,000	23,000,000	3,450	223
1854	—	514,000,000	2,000,000	3,433	222
1853	—	330,000,000	20,000,000	3,443	222
1852	—	26,000,000	71,000,000	3,440	221
1851	—	241,000,000	59,000,000	3,434	221

HOUILLE ETRANGÈRE

Nous avons reçu d'Angleterre en

1857..........................	547	cargaisons.
1856..........................	563	»
1855..........................	496	»
1854..........................	373	»

Les importations en France de Houille étrangère, par terre et par mer, ont été de 407,000 tonneaux pour les onze premiers mois de 1856. Elles ont été de

416,000	tonneaux en	1856
405,000	»	1855
336,000	»	1854
292,000	»	1853

La consommation de la Houille étrangère en France a présenté la progression suivante :

1853.................	280,000	tonneaux.
1854.................	312,000	»
1855.................	331,000	»
1856.................	396,000	»
1857, pour onze mois..........................	381,000	tonneaux.

La consommation tend ainsi à prendre chaque année des proportions plus grandes.

Navires entrés dans le Port du Havre:

Années	Long-Cours	Gd-Cabotage	Petit-Cabotage	Total	Tonnage
1857	729	—	—	6,983	1,056,000
1856	773	—	—	6,623	1,052,000
1855	736	—	—	6,119	900,000
1854	697	—	—	5,783	838,000
1853	573	—	—	5,577	770,000
1852	637	1,336	2,861	4,834	665,000
1851	491	1,280	2,965	4,726	622,000
1850	478	1,328	2,700	4,506	572,000
1849	517	1,120	2,520	4,163	552,000
1848	445	1,378	2,499	4,322	498,000
1847	641	2,637	3,891	7,169	821,000
1846	586	1,775	4,718	7,077	788,000
1845	627	1,702	3,939	6,270	742,000

Le Long-Cours se décompose comme suit:

Années	1857	1856	1855	1854	1853	1852	1851	1850	1849
des Etats-Unis	210	302	275	301	236	217	179	172	218
du Brésil	66	59	66	44	53	58	49	51	45
de Haïti	76	70	82	57	53	72	36	51	36
des Antilles étrangères	59	46	99	51	43	38	19	48	35
de la Plata et Rio-Grande	32	25	30	26	24	41	30	33	32
du Pérou, du Chili, du Mexique et Colombie	110	93	23	31	59	71	53	41	45
de l'Inde et de la Chine	64	66	45	32	32	21	30	27	27
de Bourbon	3	6	10	4	6	9	4	1	5
du Sénégal, Cayenne et Côte-d'Afrique	41	34	26	15	7	26	18	5	17
de la pêche de la Baleine	3	6	2	6	7	3	7	7	7
de la Martinique	39	45	38	45	33	41	34	25	27
de la Guadeloupe	26	39	40	45	20	40	32	27	36
	729	791	736	697	573	637	491	448	530

Droits perçus par la Douane du Havre.

1857 —	43,700,000
1856 —	44,000,000
1855 —	48,600,000
1854 —	36,000,000
1853 —	34,900,000
1852 —	34,600,000
1851 —	26,000,000
1850 —	25,900,000
1849 —	29,200,000
1848 —	20,100,000
1847 —	25,800,000
1846 —	28,200,000
1845 —	27,600,000
1844 —	26,700,000
1843 —	25,400,000
1842 —	24,800,000
1841 —	23,000,000
1840 —	22,400,000

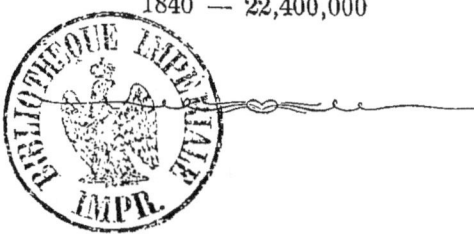

Frédéric de CONINCK & Co.

46

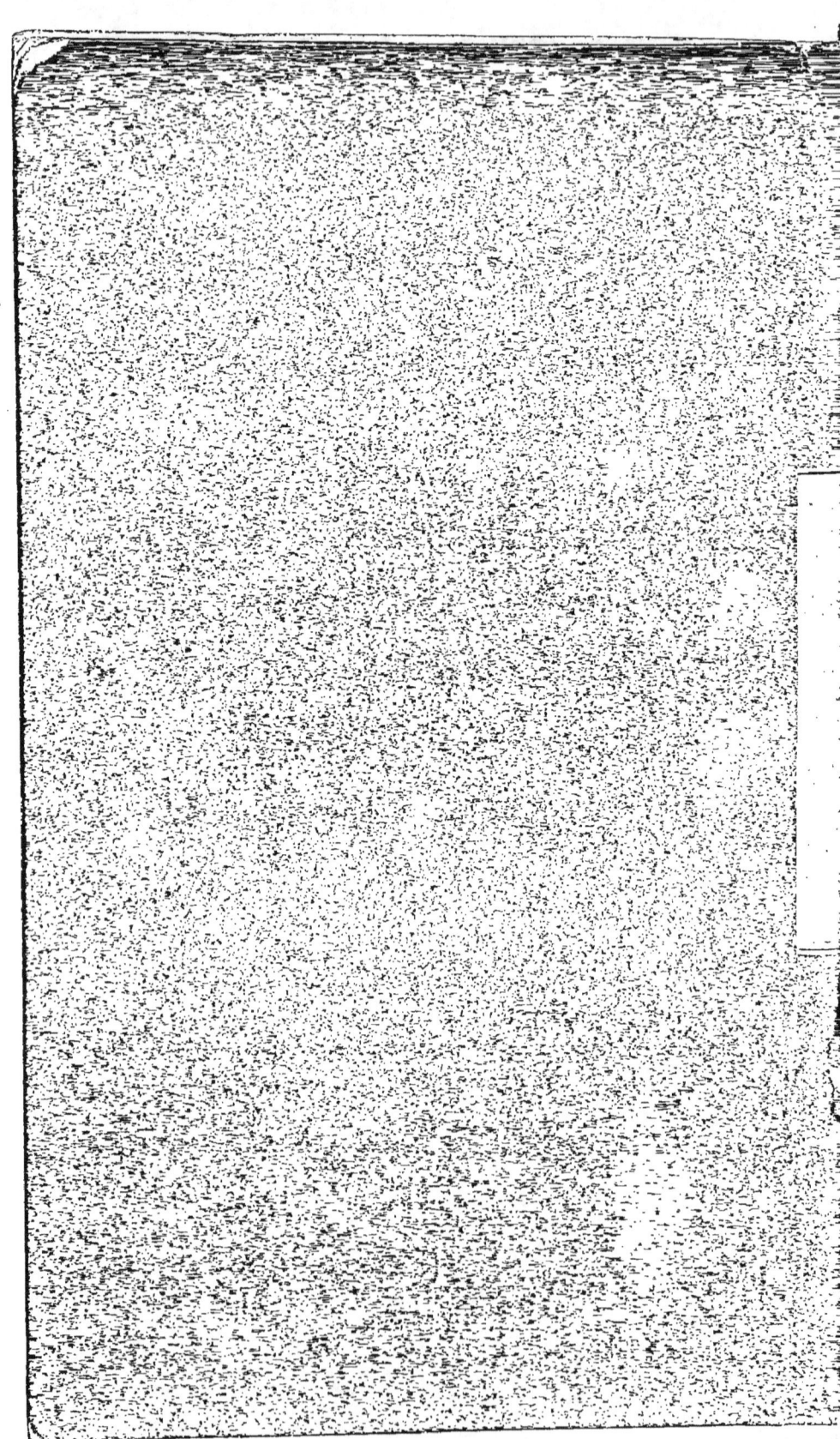

www.ingramcontent.com/pod-product-compliance
Lightning Source LLC
Chambersburg PA
CBHW061655180626
46818CB00003B/1113